W9-CLG-330

Parfum
de
sorcière

Responsable de la collection : Frédérique Guillard

C LAIR A RTHUR

Parfum
de
sorcière

Illustrations de Jean-François Martin

NATHAN

un

Des parfums
épouvantables

IL était une fois une sorcière qui sentait très très mauvais, mais alors très très mauvais.

Comme toutes les sorcières, elle avait un menton crochu et une verrue sur le nez, mais ce n'était pas sa tête, ni son habit tout sombre, ni son balai au manche taillé dans un gros os qui faisaient peur, c'était son odeur : pouak !

Jamais personne ne s'approchait du

bois où elle vivait, tellement l'air y était irrespirable. Pour lui apporter son courrier, on avait choisi un facteur qui n'avait pas de nez.

Seule une sorte de corbeau déplumé supportait la compagnie de la sorcière. L'oiseau avait noué un mouchoir autour de son bec et, dans un cri grinçant, il répétait :

– Vieille cochonne !

Mais aussitôt la sorcière le faisait taire, en lui soufflant à la face son haleine d'œuf pourri.

À longueur de temps, la sorcière faisait bouillir mille puanteurs. Penchée au-dessus de la marmite, elle rigolait de ses dents jaunes. Elle disait :

– Je fais des parfums qui puent. Hé, hé, hé !

Sa maison était remplie de flacons de toutes sortes, qui contenaient de quoi se faire boucher le nez à la terre entière. Il y avait là des essences de jus d'égouts, de diarrhées de canards, de cambouis de moteurs, de rots d'hippopotames, de vomis de papillons, de médicaments amers et de bien d'autres choses aussi dégoûtantes.

Chaque fois qu'elle partait, la sorcière se vaporisait des pieds à la tête d'une de ses mixtures. Elle se coiffait en arrière, elle se frisait une dernière fois le poil de la verrue, puis elle s'exclamait devant son miroir :

– Germaine, t'es la Miss Monde des sorcières !

Rien ne plaisait autant à la sorcière que de faire des blagues puantes.

Alors, les sacoches de son balai

chargées d'un grand choix d'effluves, elle s'envolait vers la ville.

Elle regardait la liste des gens qu'elle avait dans le nez.

À une pervenche qui verbalisait des voitures en stationnement, elle lui cassait discrètement sur le chapeau une ampoule de pipi de mouches. À une autre, un extrait de relent de benne à ordures. À un voisin grincheux, elle arrosait les pots de fleurs d'une décoc-  tion de marée noire. À une institutrice moustachue, elle glissait dans son sac de la transpiration de soldat.

Une fois ses sacoches entièrement vides, elle repartait vers sa cabane, où l'espèce de corbeau l'attendait en sirotant de la limonade aux orties.

deux

Amour et détours

C'ÉTAIT ainsi que la sorcière occupait la plupart de son temps, jusqu'au jour où un événement, somme toute assez ordinaire, vint bouleverser sa vie.

Sur une large avenue, alors qu'elle cherchait à faire des niches à quelqu'un, elle croisa un grand monsieur, fort distingué, avec une belle moustache. Il portait deux valises en similicuir. Au passage, il fit un délicat

sourire à la sorcière, qui, tout éton-
née, abandonna son balai.

Il n'en fallut pas plus pour qu'elle
tombât amoureuse.

Sa vie se transforma. Très tôt le matin,
elle se pomponnait devant le miroir.
Elle se colorait les paupières de bleu
de papier carbone. Elle se poudrait le
visage de farine de champignon. Elle
s'enduisait les lèvres d'une purée de
racines rouges. Elle s'aspergeait de
ses parfums les plus rares et les plus
rances. Elle se tartinait plusieurs
fois les cheveux de gel de crachats
d'anguilles, parce que le balai volant,
c'est pratique, mais ça décoiffe.

L'espèce de corbeau mourait de rire
en regardant sa maîtresse. Dans un
étranglement, il soufflait :

– Non, non, dieux du ciel, quel carnaval ! Qui voudrait d'une pareille mocheté ?

Paf ! En guise de réponse, la sorcière lui filait un coup de fer à friser.

Vêtue d'une robe en dentelle de serpillière, le cœur battant, elle prenait le chemin de la ville. Là-bas, elle traînaillait dans les rues, à la recherche du grand monsieur distingué et moustachu. Elle faisait le tour des grands magasins, des terrasses de café, des jardins publics, mais l'élégant monsieur avait disparu. C'était à croire qu'elle avait rêvé.

La sorcière en voulait à la ville entière. Elle ronchonnait :

– Pas étonnant, qu'est-ce qu'un homme de cette classe-là ferait dans une ville pareille ?

Les passants rentraient leur nez, leurs oreilles dans leur tête, et faisaient un crochet pour l'éviter.

La sorcière ne mangeait plus, ne dormait plus ; bref, elle dépérissait. Le jour, elle arpentait la ville ; la nuit, elle procédait à d'incroyables expériences qui devaient lui permettre de retrouver le mystérieux monsieur.

Mais aucune de ses recherches ne portait ses fruits.

Un matin, la sorcière resta au lit. Elle avait décidé de ne plus penser à cet imbécile invisible de grand bonhomme distingué. Elle siffla entre ses dents :

– Je ne vais quand même pas faire le tour de la planète pour un homme, ça non !

– Ouaf ! Un grand amour vaut bien un grand détour…, ajouta, songeur, l'espèce de corbeau.

– Ferme ta boîte, toi, conclut la sorcière.

C'est alors que quelqu'un frappa à la porte. Jamais personne ne venait frapper à la porte de la sorcière. Les rares fois où le facteur sans nez apportait du courrier, il l'abandonnait au bout du chemin.

– Qui ça peut bien être ? interrogea la sorcière.

– Je vole voir, répondit aussitôt l'espèce de corbeau, qui colla son œil au trou de serrure.

– C'est une valise, annonça l'oiseau déplumé.

– Bougre d'abruti ! Les valises ne frappent pas toutes seules aux portes ! s'écria la sorcière.

D'un coup sec, la sorcière ouvrit la porte. Elle n'en crut pas ses yeux. Le grand monsieur distingué et moustachu était sur le seuil, une valise en similicuir à chaque main. Il eut à peine le temps d'esquisser un sourire que la sorcière était déjà devant son miroir en train de se refaire une beauté. Un coup de peigne par-ci, un coup de bombe tue-mouches par-là, et elle était revenue devant le beau monsieur.

– Euh… oui ? demanda-t-elle, verte de confusion.

D'une voix savonneuse, le beau monsieur lui dit :

– Henry Delamarque, représentant en savonnettes et autres produits de beauté.

– Ger… Ger… Germaine Chaudeveine, bafouilla la sorcière.

La sorcière le fit entrer. Elle lui demanda son chapeau. Elle l'invita à s'asseoir.

Elle parla, parla. Elle lui raconta n'importe quoi, qu'il avait beaucoup de chance de la trouver à la maison, parce qu'elle était top model, qu'elle était toujours en vadrouille, partie aux quatre coins du monde, qu'elle posait dans des magazines pour les sorcières, habillées par les plus grands couturiers.

Ils prirent le café, le thé, puis encore le café, puis encore le thé. Ils ne virent pas le temps passer. Finalement, le grand monsieur distingué et moustachu se leva. Il n'avait presque pas parlé. Il n'avait fait qu'opiner du chef. Mais il avait passé un délicieux moment. Il avait beaucoup ri. Pas un instant, il ne

s'était rendu compte que la maison de la sorcière sentait mauvais. Au contraire, comme son nez était trop habitué à respirer les parfums artificiels des shampoings ou des sels de bain, il avait trouvé là comme une bonne odeur naturelle, semblable à celle qui se dégage de la forêt juste après une pluie d'été.

Avant de partir, Henry Delamarque fit cadeau à la sorcière d'un lot de crèmes, de mousses, de lotions à la violette, au chèvrefeuille. Il offrit un flacon d'après-rasage à l'espèce de corbeau, qui le but d'un seul trait.

Avec les produits que lui avait donnés Henry Delamarque, la sorcière fit du sirop contre les pieds plats. Ce fut un prétexte pour revoir le grand monsieur, qui lui avait laissé son numéro de téléphone.

C'est ainsi que la sorcière et Henry Delamarque se virent tous les jours. Ils étaient très amoureux.

Lui se passionnait pour les expériences de la sorcière, des « travaux d'intérêt hautement écologique », selon ses termes.

Germaine, elle, s'amusait à faire des bulles de savon puantes et à bombarder l'espèce de corbeau, qui, résigné, clamait :

– Quelle vie de chien…

Henry Delamarque perdit bientôt son travail. Il fut mis à la porte, pour faute professionnelle, parce qu'il sentait trop fort. Quand il entrait dans une parfumerie avec ses valises pleines de savonnettes, il faisait fuir les clients, qui, leurs portefeuilles sur le nez, disaient :

– Ouh, là, là ! ça sent le fauve.

Henry Delamarque s'installa chez la sorcière. Il passait ses journées à ne rien faire. Il buvait du thé, du café, de la limonade aux orties. Il jouait aux cartes avec l'espèce de corbeau, qui, soit dit en passant, était le roi des tricheurs.

La sorcière ne reconnaissait plus le grand monsieur fort distingué qu'elle avait connu. Son costume était devenu crasseux. Sa belle moustache s'était transformée en barbe hirsute. Il ne se lavait plus. Il ne cirait plus ses souliers. Tout cela finissait par déplaire à la sorcière. Elle l'aimait moins. Elle le mettait en garde :

– Vous vous laissez aller, mon ami.

Le grand Henry riait. Il lui tendait un pied déchaussé, et il répondait :

– Allons, Germaine, sentez donc cette odeur de chaussettes... Exceptionnelle, non ? Un petit miracle, une révolution dans les parfums de sorcière, non ?

Ce qui devait arriver arriva. Un matin, la sorcière flanqua Henry Delamarque à la porte. D'un coup de balai, elle l'expédia par-dessus la forêt.

– Chacun ses puces ! cria-t-elle, en claquant la porte.

Là-dessus, elle donna une taloche à l'espèce de corbeau, qui fumait, assis dans le sofa, un vieux mégot de poils de moquette.

trois

La grande vie

Du tout au tout, la vie de la sorcière se transforma encore. Elle fit venir de la ville une baignoire, l'eau courante, du désinfectant, l'électricité, le gaz et un aspirateur.

Elle prit un bain, qui dura trois jours. Elle s'épila le poil de la verrue. Elle désinfecta l'espèce de corbeau, qui cria à l'assassinat. Elle nettoya la maison de fond en comble.

Avec les saletés, elle fit dehors un grand feu, dont la fumée noircit le ciel, comme si la nuit éternelle était venue. Elle prit à nouveau un bain, qui dura cette fois deux jours. Elle rangea son balai dans le fond d'un placard. Elle s'exerça à marcher avec des talons aiguilles. Puis, fleurant bon le patchouli, elle prit place à l'arrière d'un taxi.

– Mais quel cirque ! commenta à  côté l'espèce de corbeau, enfermé dans une cage, le cou serré d'un nœud papillon.

– À nous la grande vie ! s'exclama la sorcière, alors que la ville se dessinait au loin.

Sans crier gare, la sorcière débarqua dans les studios de Télévision Mondio. À l'entrée, elle se fit annoncer sous le nom de Jennifer Star.

– Voilà autre chose ! s'étrangla l'espèce de corbeau.

Elle répéta à l'hôtesse qui écarquillait les yeux :

– La grande Jennifer Star !

Elle demanda encore à l'hôtesse :

– Chérie, fais apporter un doigt d'eau minérale à mon perroquet...

– Perroquet toi-même ! chuchota l'oiseau.

On filma la sorcière sous toutes les coutures, de peur qu'il ne s'agisse vraiment d'une grande vedette.

Télévision Mondio redoutait trop qu'une chaîne concurrente annonce une nouvelle avant eux.

Comme la sorcière passa dans le journal de Télévision Mondio, elle fut invitée sur toutes les autres chaînes. Elle fut bientôt de toutes les émissions de variétés. On interviewait l'espèce de corbeau, qui, pour l'occasion, mettait des lunettes noires. La sorcière devint célèbre dans tout le pays. Ses recettes de parfums naturels faisaient fureur. Une grande maison de couture lança une collection de vêtements en dentelle de serpillière, portant la griffe Jennifer Star. Elle voyageait sans cesse d'un pays à l'autre. Près de sa cabane en forêt, elle fit construire une piscine et un héliport. L'espèce de corbeau fumait des cigares gros comme des poireaux et, aux questions que lui posaient les journalistes, il répondait maintenant en japonais :

– Quézako laizémoi rezpirato.

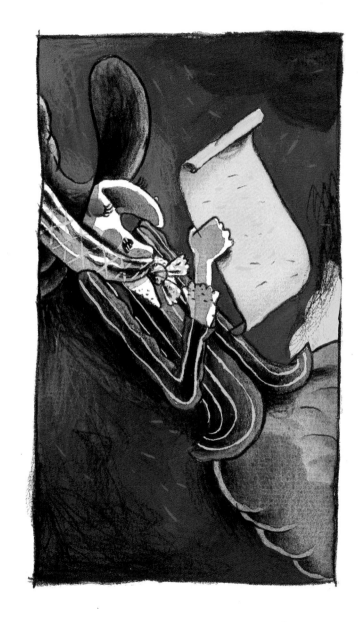

quatre

La rançon de la gloire

MAIS ce qui devait encore arriver arriva.

Un beau matin, l'espèce de corbeau disparut. On l'avait enlevé au nez et à la barbe de la sorcière, qui reçut tout de suite une demande de rançon. La sorcière tomba dans les pommes quand elle lut qu'en échange du volatile, on lui réclamait des millions.

Il ne se passait pas un jour sans

que les journaux ou les télévisions ne parlent de l'affaire. La sorcière fit appel aux services d'un détective privé, d'un agent d'assurances, d'un publicitaire, d'un ministre de l'intérieur, d'un de l'extérieur, et d'un releveur d'empreintes. Tout ce petit monde se lança aux trousses de l'oiseau.

L'espèce de corbeau avait été enlevé par deux gros bandits, maladroits et pas très méchants, qui avaient trouvé refuge dans une ancienne nougaterie.

Ils n'avaient pas le moral, car l'oiseau leur en faisait voir de toutes les couleurs.

Le plus petit des bandits se lamentait :

– On aurait mieux fait de se coucher plutôt que d'enlever un ostrogoth comme ça. Et en plus, il pue comme dix cochons.

L'espèce de corbeau, qui gardait toujours sur lui des ampoules puantes préparées par la sorcière, avait aspergé sa litière d'un mélange d'odeurs de porcherie et de poisson avarié. Les gros bandits en avaient le mal de mer.

Le hasard fit encore bien les choses. Lorsque la sorcière avait expédié Henry Delamarque par-dessus la forêt, celui-ci avait atterri sur un camion plein de nougats, et c'est ainsi qu'il était devenu vendeur de nougats et que, de fil en aiguille, il en était venu à chercher une fabrique de nougats, pour lancer ses propres spécialités.

Henry Delamarque se trouva nez à nez avec les bandits, qui le prirent pour un inspecteur de police.

– Haut les mains ! cria l'oiseau.

Il fit un clin d'œil au grand monsieur, qui portait à nouveau moustache et cravate.

Les deux bandits furent ravis de pouvoir se débarrasser de l'espèce de corbeau, en échange d'un sachet de nougats mous. Ils partirent sans demander leur reste.

La sorcière fit un accueil triomphal à Henry Delamarque. Elle déclara aux journalistes :

– Je renais, je reris, je remange, je revis, merci Henry, je ne vous avais jamais oublié.

Elle embrassa le grand monsieur, et elle lui chuchota à l'oreille :

– Demandez-moi en mariage, c'est le moment, toute la presse est là...

L'espèce de corbeau racontait en japonais l'histoire de son enlèvement.

Un bouchon de champagne explosa.
La fête commença…

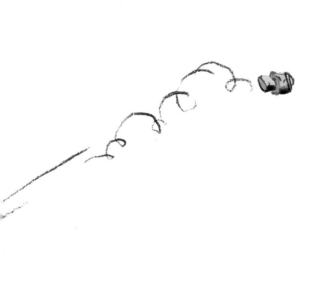

TABLE DES MATIÈRES

Clair Arthur

Il vit dans les Vosges avec sa famille. *Parfum de sorcière* est son troisième livre ; il écrit aussi beaucoup pour le théâtre. Qui sait si Germaine Chaudeveine ne montera pas un jour sur scène ?

Jean-François Martin

DANS LA MÊME COLLECTION

Thierry Lenain
Loin des yeux,
près du cœur

Gérard Moncomble
Prisonnière
du tableau !

Michel Piquemal
L'appel
du Miaou-Miaou

Éric Sanvoisin
Le buveur
d'encre

Le nain et
la petite crevette

Natalie Zimmermann
Un ange
passe

Yeux de vipère

N° d'éditeur : 10044624 - (V) - (23) - CSB-T-S - 170 - Janvier 1998
Impression et reliure : Pollina s.a., 85400 Luçon - n° 73773 A
ISBN 2.09.275007-0
Conforme à la loi n° 49956 du 16 juillet 1949 sur les publications destinées à la jeunesse.